십만
년의
사랑

십만 년의 사랑

마흔한 편의 사랑노래와 한 닢의 편지

정윤천 시화집

문학동네

自序

나는 우선 여기에 당신의 목소리를 멀리서도 알아차리는 내 귀의 엄연한 위치와 그것의 운명에 대하여 사랑이라는 이름을 붙이기로 하고,

또 그걸 애써 받아적고는 하였던 오래된 습벽을 시詩라고 호명하기로 한다.

—이 시집의 첫 페이지 한 장부터를 기꺼이 당신의 눈꺼풀과 '마음의 흔적' 위에 드리워주기로 하자.

연둣빛의 마음과 초록의 그림을 안겨준 한희원 선생님에게 깊은 감사를 드린다.

차례

제2부 우리가 오랜 뒤에도

제3부 바다를 바라보며 서 있다

제4부 지구는 추운 별이어서

제1부

물방울과 보라색

별 물

너 때문에 목이 말라서 마실 물 한 잔을 따랐는데, 그릇 안에 별 모양 같은 게 떠서 어른거린다. 무슨 수로도 건져내지 못하고 말았다.

어쩔 수 없다.

마른 목 속으로 천천히 별 물을 들이켜고 말았다. 그때부터 손바닥에도, 손바닥이 스치는 손자국 위에도, 틈만 나면 묻어나오던 별의 기척을 어쩌나. 너 든 가슴은 또 어쩌나.

물고기라고 쓰는 시 한 편 같은

마른 몸의 고기, 생선이 되어버린 침묵에게도
물이라는 단어 하나 그 앞에 부여해주면
물고기가 되어 살아나는 일 있을 것 같은

사람의 사이에서도, 한마디 말로
천 번의 미움인들 감싸줄 수 있을 것 같은

어깨 밑에 꼬리뼈 부근에 지느러미가 돋아나고
허파에 일순 초록 바람이 일어
먼 바다 속으로 헤엄쳐가게 해줄 것 같은

마법 같은 눈물 한 방울 이마 위에 떨어져
마른 고기 같던 시간을 떨치게 해줄 것 같은

물고기라고 쓰는 시 한 편 같은,

연모

마음속에 돋아난 털 한 오라기까지
머리부터 말고 다리부터 일어나
너에게로 가는 날

그뒤부터는 까마득히 네 생각 오르는
역모逆毛의 시간 하나 불끈거려오거든
갈고리처럼 생긴 'ㄱ'자 하나
얼른, 앉아서 발 펴는 모습 닮은
순한 'ㄴ'으로 돌려보았다
역모는 역모로되 연모로 읽히게 되니
안심해도 쓰겠구나

기왕에 벌어지고 만 네 생각
여기서부터 백 년까지 거슬러오른다 해도
오라에 묶여 끌려가지 않아도 되고

물방울과 보라색

사랑의 눈망울 속에는 물방울과 보라색이
하나씩 들어 있는 거라네

하루는 들에 나가서
보라색 꽃잎 몇 장 뜯어와 흰 봉투 안에
갈무리했던 일

꽃잎은 말라가면서
자꾸만 배어나오던 보랏빛
그러니까 그것은, 가슴에도 멍이 번지는
그런 일이었을 거라네

어느, 수요일의 오후 같은 속으로
느닷없이 한차례 비라도 내리기 시작하면
마땅한 갈 곳 하나 쉬이 떠오르지 않아도

마땅치 않은 그 사이로 벌써, 저 먼저
떼굴떼굴 굴러가버리기 시작했던
마음속에 들어 있는
동그라미의 이름

그러니까 사랑은 물방울과 보라색이
함께 어른거렸던 거라네

십만 년의 사랑

1

너에게로 닿기까지 십만 년이 걸렸다
십만 년의 해가 오르고
십만 년의 달이 이울고
십만 년의 강물이 흘러갔다

사람의 손과 머리를 빌려서는
아무래도 잘 헤아려지지 않을 지독한
고독의 시간
십만 년의 노을이 스러져야 했다

2

어쩌면, 십만 년 전에 함께 출발했을지 모를
산정의 별빛 아래
너와 나는 이제야 도착하여 숨을 고른다

지상의 사람들이
하나둘 어두움 속으로 문을 걸어 잠그기 시작하였다

하필이면 우리는 이런 비탈진 저녁 산기슭에 이르러서야
가까스로 서로를 알아보게 되었는가
여기까지 오는 데 십만 년이 걸렸다

잠들어가는 지상의 일처럼 우리는 그만 잠기어도 된다
더이상의 빛을 따라나서야 할 모든 까닭이 사라졌다

3

천 번쯤 나는 매미로 울다 왔고
천 번쯤 나는 뱀으로 허물을 벗고
천 번쯤 개의 발바닥으로 거리를 쏘다니기도 했으리라

한번은 소나기로 태어났다가
한번은 무지개로 저물기도 하였으리라

4

물방울들이 모여 물결을 이루는
멀고도 반짝이는 여정을 우리는 왔다

태어난 자리에서 그대로 난다는 의미의
이름으로 불려지던 나비처럼
날고 또 날아올라서 여기까지 왔다

바다인들 거슬러오르려는 거꾸로 붙은 비늘처럼
금빛의 역린같이
너에게로 닿기까지 십만 년이 걸렸다

불편한 손

한쪽 손이 불편해졌다
네가 온 뒤로

그러쥐면 상할 것도 같아서
펴주면 날아가버릴 것도 같아서

손바닥을 사알짝 오므려보는데
새장처럼 동그마니 옹동그려보는데

나, 이제 남은 날일랑
구부린 손바닥 하나

새장처럼 말아쥐고 살아야 한다
불편한 손 하나로 견뎌야 한다

그 말을 전하려 할 때

1

말하려 할 때
그 말을 전하려 할 때

나는 내 어린 마을의 동구 앞을 지키던 한 그루
느티나무의 풍경을 떠올려보리라
나무의 몸속에서 크는 검은 복도의 동굴 안까지
백 년이 다섯 번도 넘게 지나가도록 한자리에만 서 있었던
가혹한 직립의 존재에 대하여 수긍해보리라
백 년이 다섯 번도 넘게 흘러가도록 맨살로 버틴 껍질의
보푸라기와 까실거림을 어루만져보리라

2

홍동백서紅東白西의 큰 상 앞에 엎드려 절을 올리면
지나가던 바람의 숨결들도 알아서 고요해지던
정갈한 순간까지는 거슬리보리라
나의 말이 비록 진실이라 하였을지라도
때로는 내가 전하려는 생각만으로 급급해 있었을 때에도
오래고 고된 주름진 실존 앞에 이르러 무릎들을 고이던,
미신보다 깊은 장면까지는 돌아보아도 괜찮으리라.

말하려 할 때
너에게로 가만히 건네지려 할 때

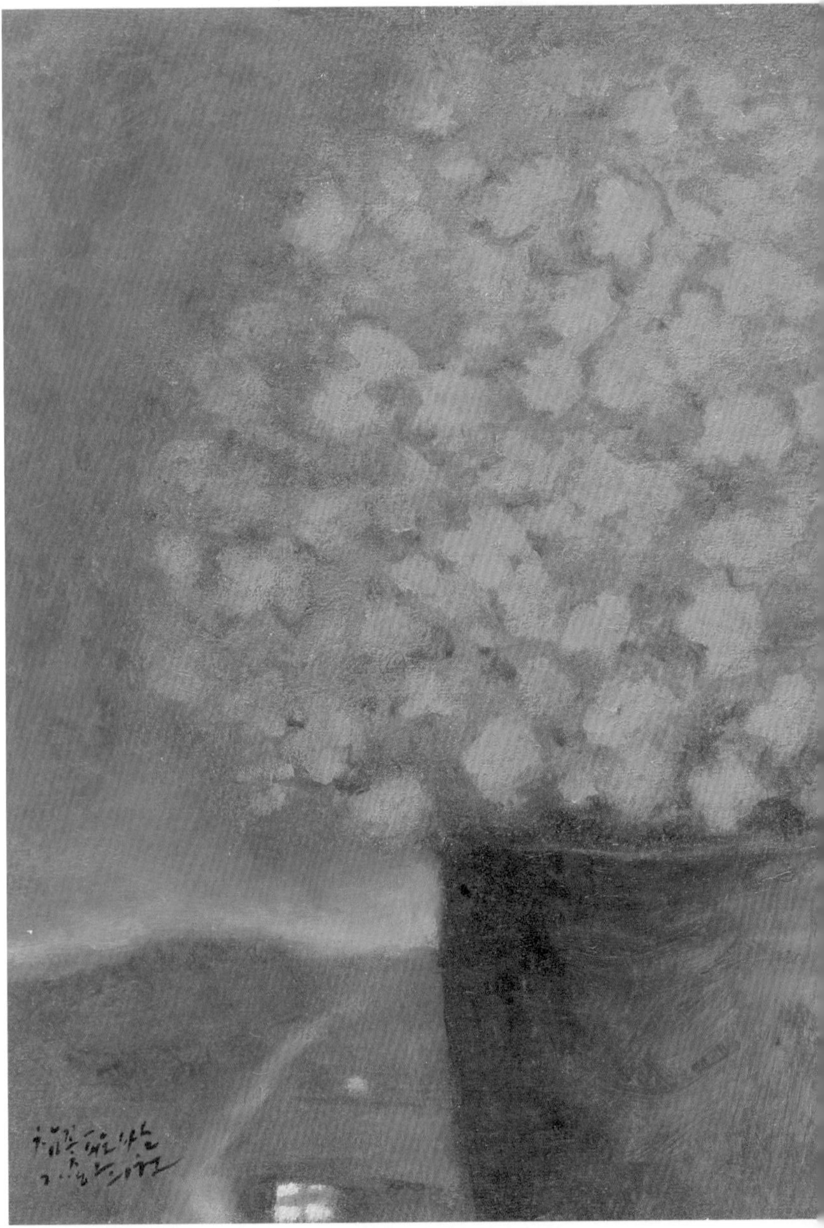

사랑의 일 초 1

사랑이
사랑을 만나
사랑을 완성하는 시간은 실은 일 초밖에 걸리지 않습니다

그러니 사랑으로 빚어진 일 초는
지나가버린 일 초도
지금의 일 초도
어디선가 오고 있을 일 초도
모두 다 같은 의미의 시간입니다

반드시 제 몫의 시간일 것이며
제 탓의 시간입니다

어디까지만 내 것의 시간이고
어디서부터는 남의 것이 될 수 없는 시간입니다

사랑의 일 초 동안은 머리 위에 와서 쌓이고
사랑의 일 초 동안은 손톱 밑으로 스미고
사랑의 일 초 동안은 발바닥을 간질여주기도 합니다

일 초들은 거의 십만 년쯤을 거슬러서 옵니다
병과 죽음을 포함한 온갖 훼방의 시간들이 잠시나마

일 초 동안을 갈라놓거나
등을 돌리게 하여도
일 초들은 그러나 막무가내로 되돌아서곤 합니다

아침의 이슬방울로도
새떼의 날갯짓 소리로도, 저녁의
바람에 흔들리는 들찔레 덩굴의 가시 같은 것으로도

산수유, 화염나비떼

구례 산동 마을에 소방서도 없이
대책도 없이

산수유, 화염나비떼

켜켜이 개켜두었던 방 안의 것에서부터
벽장에 가둬놓았던 은밀함까지 들고 나와

흔들리며
흔들리며
널어대기 시작하는

널다가
널다가
지칠 만큼이나 널어버린

막무가내로 널고
죽을 듯이 널기도 하는

그러고 나면, 이 산중엔
누비고 감친 맵시의 누비이불의 바다

어쩌자고
저렇게도 화염나비떼의 바다

먼 섬, 사랑

1

먼 곳의 그를 더이상 추억하지 않게 될 때가 오네. 온티에일의 거친 벌판을 무사히 건너갔을까. 가슴에서 서서히 돈키호테가 희미해지기 시작하는 계절이 오면, 마음속의 바다가 함께 따라서 줄어들었네. 서 있는 자리에서 그대로 하나씩의 섬이 솟아나기도, 라만차의 풍차들도 녹슨 무릎의 유랑을 채비하면, 나는 이제 너에게로 조금씩 가까워지네. 편지지 속의 하얀 창들이 기다림으로 어른거리는 밤이 흘러가는 동안, 그새, 가시나무 억센 가지에 가시꽃이 피었다가 져버렸다던가. 혼魂이 아픈 아침이 와서 창문을 깨무는, 그깟, 파도의 서슬 따위에 불내음이 이는 그 순간을 꺼뜨리지 않게 되기를, 나는 너의 기침소리 곁을 지켜 서 있기도 한다네.

2

나는 가끔 건너기 힘든 육지의 저편에서도 태어나지
건기가 오기 전에 서둘러 마음의 채마밭을 수습하거나
가난한 곳간을 살펴야 하는 게 내 일이었던 적이 많았지
저녁의 해안 쪽으로 한 무리의 철새를 날려보내고
그새 쓸쓸해지는 시간이 찾아오면
등대 아래 턱을 괴고 앉아 휘파람을 불어보느니,
이방의 여인이 와서 남기고 간 사연 중에
나를 기다리다가 돌멩이가 될 뻔했다던 가슴 아픈 이야기
나는, 마지막 배를 놓치고도
로시난테의 느린 걸음걸이로 도착할 때가 있었으리니.

제2부

우리가 오랜 뒤에도

애월에 이르는

너와 함께 갔던 적 있었다
처음엔 누구나 그리 여겼을지 모를
기꺼운 오독의 길, 애월愛月은
사실은 물가의 달로 떠서 어룽거렸다
애월涯月*로 흔들려도 길은 오히려 확연해졌다
물속의, 들의 이랑은 검고도 푸르렀나니
검고도 푸른 삼단의 머리채를 바람의 일순이 와서 풀어헤쳤다
순식간의 뒈싸진 바당**
바다는 오롯이 저에게로 젖고 말았는가
우리는 또 무엇으로, 가슴속의 애월 하나씩을 꿈꾸었는가
어디선가 점점의 은빛으로 가까워오는 선미船尾 몇 개가
월광의 춤사위를 견뎌,
더디면서도 오는 동안까지가

한사코는 애월에 이르는 길이었는가

*제주도에 있는 해변. '물가의 달'이라는 뜻을 가진 곳.
**그 섬의 사람들은 '뒤집힌 바다'라는 뜻이라고 일러주었다.

너에게서 나에게로

너에게서 나에게로 봄이 왔다
너에게서 나에게로 여름이 왔고
너에게서 나에게로 가을은 왔다
너에게서 나에게로 한겨울이 불어닥쳤다

지난 사흘 내내 나 역시 한가지로 몸이 아팠다
너에게서 나에게로 병이 왔으니
너에게서 나에게로 힘없는 음성이 왔고
너에게서 나에게로 핏기 없는 표정이 왔으니

너에게서 나에게로 오는 일 하나만으로
너에게서 나에게로 오는 것의 탓으로
너에게서 나에게로 이생의 계절이 스스로 깊어갔다

너에게서 나에게로 새가 울었고
너에게서 나에게로 꽃 피고 졌다

너에게서 내게로 달과 까마귀*와 나리꽃이 왔다

* 이중섭의 그림 〈달과 까마귀〉에서 인용.

경첩

너를 열고 싶은 곳에서, 너에게로 닿고 싶을 때

아무도 모르는 저 은밀한 해제의 지점에서

쇠나비 한 마리가 방금 날개를 일으켰다는 뜻이다

그의 차가운 두 닢이 바스락거리기라도 하듯이

한번은 펼쳐주어야만, 나는 너에게로 갈 수 있다는 것이다

너를 한번 열어, 너에게로 간다는 사실은

어딘지, 너 이전의 지점 같기도 한 보이지 않는 곳에서

숨긴 날개의 쇠나비 한 마리가

비로소 활짝 펼쳐주었다는 일이다

사랑의 경계에는 한사코 쇠나비 한 마리가

접은 날개의 기다림으로 깃들어 있었다는 뜻이다

너라고 쓴다

솜꽃인 양 날아와 가슴엔 듯 내려앉기까지의
아득했을 거리를 너라고 부른다

기러기 한 떼를 다 날려보낸 뒤에도 여전히 줄어들지 않는
저처럼의 하늘을 너라고 여긴다

그날부턴 당신의 등뒤로 바라보이던 한참의 배후를
너라고 느낀다

더는 기다리는 일을 견딜 수 없어서, 내가 먼저 나서고야 만
이 아침의 먼 길을 너라고 한다

직지사가 바라보이던 담장 앞까지 왔다가, 그 앞에서
돌아선 어느 하룻날의 사연을 너라고 믿는다

생이 한 번쯤은 더이상 직진할 수 없는 모퉁이를 도는 동안

네가 있는 시간 속으로만 내가 있어도 되는

마음의 이런 순간을 너라고 이름 붙여주고 나면
불현듯 어디에도 돌아갈 곳이라곤 사라져버려선

사방에서 사방으로 눈이라도 멀 것만 같은
이 저녁의 황홀을 너라고 쓰기로 한다

얼굴 · 마음 · 음성 · 기척

나는 네 얼굴을 안다
새벽의 풀잎 위를 스치고 지나가던
적의 없는 바람의 살결 같은 것으로

나는 네 마음을 안다
지난밤의 술향기 뒤로 어리던
까칠한 편두통의 까닭만으로

나는 네 음성을 안다
사색의 창틀 가까이 앉아 뒤져보았던
책갈피 넘어가는 소리만으로

나는 네 기척을 안다
네가 막 일어서려는 자세일 때의 어깨 위에 걸리던
가지런한 머릿결의 흔들림만으로도

우리가 오랜 뒤에도
—삼천포에서

삼천 년 전에도 여기가
삼천포였는지, 누구도 가르쳐주지 않는다

우리가 오랜 뒤의 일이 되어서 삼천 년이나 사천 년이 흘러간 유월의 바닷가 근처. 아무도 가르쳐주지 않아도 그때도 지금처럼 너를 한눈에 알아보고 나면, 삼천 년 전에도 여기가 삼천포였더라고, 해당화 꽃물은 들던 물빛바다의 한때였더라고.

시에서 저녁 냄새가 날 때

너라는 말의 한순간이
이 골목에서 제일로 오래된 사진관의 미닫이문이 되어
닫히려고 할 때,

나는 짓거나 지으려고 하네

그리웠던 쪽의 풍경에게로 눈을 주려 하네
막다른 것을 향하여 짓거나 지으려고 한다네
행여 형리가 와서 내 창에 비친 거동을
낱낱이 살피어보다가 갔다, 라고 하여도
숨길 수 없는 것에 대해서는 가리지 않으려 하네
흉금에서 기른 내 마음의 문장, 흔들리는 획으로
나는 그렇게 짓거나 지으려고 했던 행간의 한 뼘도
쉽사리 내어주거나 빼앗기지 않을 것이네

나는 가끔 뒷짐을 지고 내 작약 꽃밭의 이랑을
자각자각 걸어보기도 할 것이네
엽록葉綠을 지으려 하였던 일만 사랑이라 믿지 않겠네
차고 딱딱한 날이 닥치더라도
마지막까지 지으려 했다는 사실은
얼마나 구구절절한 구만대장경이었겠는가
꽃보다 앞서, 그보다 깊은 뿌리가 있었다는 사실로

나는 내 작약 꽃밭의 둘레를 에둘러보려고 한다네

맨발의 색

몸이 태어날 때 맨 나중이던 것
맨발

그러니 당신의 맨발을 마주쳤다는 것은
당신의 맨 나중까지를 본 것으로 쳐도 말이 되겠는지요

나는 지금 당신의 맨발의 색에 대하여
이야기를 한번 해보고 싶습니다

오래전부터 크레파스에도 적혀 있었던, 흰색은
'맨발의 색'으로 고쳐져야 한다는 생각이 들기도 했습니다

하지만 흰색은, 가장 일찍 태어난 색일지도 몰라서
그런 식으로 따지면 맨발의 색은 검정이 되어야 하는지도
그러는 동안 나에게 맨발의 색은 모순의 색일 수 있었습니다
가장 나중에 태어난, 가장 처음인 빛깔로

나는 지금 그 맨발의 색 하나로 한 폭의 그림을 그려보려고
애를 쓰고 있는 중입니다

하지만 아무리 몸부림을 쳐보아도 당신의 맨발의 색으로는
그 어떤 풍경화도 비구상화도 불가능할 수밖에 없었습니다

세상의 한순간이 깜빡 제 숨결을 놓칠 때처럼 스쳤던
가장 나중에 태어난 맨 처음의 빛깔로

나는 없다는

없다는 것이
없다는 것이
없다고 하여도 없는 것이 아니었을 때
인도에 간 친구, 등산을 떠난 애인과 같이
그때 그 자리에만, 거기에만 없었던 것처럼

시간이라거나 계절
운명과 만남이라는 말들과 같이
있기는 있다는데 눈에 보이지 않아서
만져지지 않아서

그런데, 그런 것보다 더더욱 없는 것 중에
나는 없다는

너를 기다리는데
너만을 기다려보는데

아무리 기다려도 오지 않아서
도착하지 않아서
서서히 나는 없어지기 시작한다는

너로 인해 마침내 나는
없어도 되는 작정을
입술의 연기처럼 날려본다는
그러다가 결국엔 나는 없다는

사과를 깎았던 저녁

너와 헤어지고 온 저녁에
사과를 깎는다
생각해보니 그동안은
무심코 베어먹었던 사과
먹고 남은 깡치를 아무렇게나 쓰레기통에 넣어버렸던 사과를

접시에 두 쪽으로 갈라놓고 났더니
잠시 떨어져 있어야만 하는 서로의 사이를
떠올리게 해주던 사과
한참이나 말없이 내려다보게 했던 사과를
한 조각만 입으로 가져가본다
너를 보내놓고 혼자서만 돌아왔던 저녁에
접시에 오래도록
한 조각만 남아 있던 사과를

깎았던 저녁

제3부

바다를
바라보며
서 있다

있었다고요?

빗소리에도 깨어나 잠 못 드는 저녁이 있었다고요

길가의 자주달개비 꽃잎 위에 일없이
한참이나 눈길 멈추었던 적 있었다고요

처음 듣는 노랫말에 맞추어 고개를 주억거리던
자신을 발견하게 되는 날이 있었다고요

모든 일과 사물 들이 한 사람에게서만 비롯하여
한 사람에게로만 돌아가는 어처구니가 있었다고요

온다던 기별만으로, 느리게 가는 시간의 이마 위에
찬 손을 얹어 짚어보는 뜨거운 날이 있었다고요

굽은 길을 빠져나온 은빛의 바퀴살 하나가
정면으로 닥쳐오는, 삼나무의 길 아래가 그때 있었다고요?

바다를 바라보며 서 있다

1

먼 훗날이 흐르도록 변하지 않을 일이 있었다며
너는 오늘도 바다를 바라보며 서 있다
그사이에, 서로 지치도록 쳐다보았을 것이니
그것이, 무엇으로 맺어진 언약의 벌이었을까
너는 그렇게도 서서, 서 있는다는,
바라본다는
간절함에 대해 말하는 대신 제 귀를 한번 만져주기도 한다
그 귓불의 모서리에 피던 청색의 풍경소리 몇 닢,

2

그보다 훨씬 덜한 것을 두고 왔어도 그럴 것인데
하물며 어디선가 영원을 입에 올렸던 마음의 파도소리가
난간에 부딪쳐 물보라를 일으켜본 적 있었노라면,
그 말 한마디 지나가는 눈비에 젖어 떨게 되거나
파랑의 이빨에 물려 상처가 나게 되더라도
이 저녁의 물결처럼은 꿈틀대거나 고요해도 봐야 하리라며
자꾸만 너는 바다를 바라보며 서 있다.

3

김제 바닷가 눈썹 고운 절집의 이름 하나는
문득, 망해사.

그 꽃의 입술로 대답하리*

독가시들 사이에서 피어난 꽃
그 꽃의 입술이 되어 대답하리
만약에 당신이 내게
사랑의 폭풍이나 언덕에 관해 물어온다면
그래, 작아서 외려 완강한 꽃잎
별 모양의 입술이 되어 대답하리

우선은 그렇게나마 내 마음의 전달이
이루어진 것이라면
당신의 기억 어디쯤에서도
그 꽃의 기척이 피어나길 기도하리

까마득한 창천의 푸른 상공 위를
비익조比翼鳥**의 날개로 만나지는 일 상상해보리
그런 생의 어느 한나절 속으로
금빛의 씨앗 한 알도 부리에 물려져서

나는 그만 그 꽃의 입술이 되어
대답하리

* 졸시, 「탱자꽃에 비기어 대답하리」에서 변용.
** 암컷과 수컷의 눈과 날개가 하나씩이어서 짝을 짓지 않으면 날지 못한다는 전설의 새.

악양 들의 부부 소나무*

전라북도
정읍쯤의 변두리께에 사는
산내면 하고 또 산외면 두 마을의 이름이
오늘은 어쩐 일로 먼 동네 들판 가운데 손잡고 나와
악양 들의 소나무 두 그루로 변복하고 서 있다
그래도 사람들이 다 알아보고서

산외면 지나쳐서
산내면 갈 때처럼
산내면 돌아서서
산외면 들 때처럼

이쁘다
차암, 그런다
멈추어 섰다가 간다
산내마냥 산외마냥 눈에 넣고 나설 때

오래된

기억의

동구 앞에 쌍무지개 떴을 때처럼

* 하동 토지문학관에서 내려다보이는 악양 들에는 사람들이 '부부 소나무'라 부르는 두 그루의 나무가 먼 그림처럼 서 있다.

와온에서

와온*에서는
세상의 모든 해가 여기 와서 죽는다

저녁쌀을 씻을 때도 뜨물 같은 게 한참이나 나왔다
죽음에 가까워지면서
한결 뚜렷해지던 쌀알들처럼
해도 자신의 몸을 씻는다는 것인지

와온에 와서 한참을 바라다보고 있으면
어디서부터인지 한번 스러져보고 싶지 않겠니

너를 향하여 들려주기는 하였던
가슴이 떨리는 말 한마디인들
저녁의 바다 한가운데까지
이글거려보일 수 있겠니

그만큼의 내용으로 타올라보인 적 없는 날들이었다면
무엇으로 나를 향해 수긍해볼 수 있었겠니

더이상 아무것도 남길 게 없어진 표정 곁으로
그쪽을 향하여 송두리째 찬란해볼 수 있었겠니

* 전남 순천시에 면해 있는 일몰이 아름다운 바닷가 마을.

새들의 문자 같은

새들도 편지를 쓰네. 허공의 빈칸 위에 콕콕 찍어서, 어딘지 조금은 화들짝스러워 보이는 새들의 글씨. 그렇게 짐작이라도 해보면, 사랑의 독백 몇 마디 스미어 있을 것도 같았네. 무리를 지어 먼 곳을 함께 나는 그들도 결정적인 순간 앞으로, 새들도 한번씩은 외로워져버리는지. 가야 할 곳의 주소를 일러주지 않은 채 새들은 떠나가지만,

얼마든지 기꺼웠을 허공의 문자만으로, 어디선가 그것을 받아 읽어내는 까마득한 수신지가 있었다는 것처럼.

고수의 사랑

고수들은 그렇습니다
손아귀의 힘만으로 쇠막대기를 구부리기도 하고
배 위로 트럭을 지나가게도 합니다
흉내내지 말라고 하지 않아도
차마 엄두가 나지 않아서 고수일 것입니다

고수의 사랑. 수거미 한 마리 자리에 누워 하늘을 한번 쳐다봅니다. 지상에서 바라보는 마지막 하늘입니다. 암거미 한 마리가 배 위로 올라옵니다. 사억 년 전부터 저들의 체위는 한결같았다고, 자막이 처리하고 지나갑니다. 이제부터가 고수의 사랑입니다. 사랑을 나누었던 시간이 끝나자 암거미는 수거미의 복부를, 여린 살집을, 집게발로 마구 헤집어 구멍을 팝니다. 헤쳐진 수거미의 뱃속으로 그들 사랑의 내용물을 슬어놓기 시작합니다. 알들은 씨앗처럼 자라면서 수거미의 몸을 남김없이 먹어치울 것이라고 합니다. 사억 년을 이어온 사랑의 방정식이라고 합니다.

어쩌면 목숨에 빚지는 일이 사랑의 진풍경일지 모릅니다

함부로는, 썩 엄두가 나지 않는 그런 일인지 모릅니다.

먼 섬, 그보다 더한 것에 대해

인생의 어깃장에 대해 저미는 애간장에 대해
빠개질 것 같은 머리에 대해 치사함에 대해
(……)
당신이 직접
강에 가서 말하란 말이다.
—황인숙, 「강」 중에서

먼 섬에서 혼자 지냈던 날들이 있었다

먼 섬에는
강이 없었고

나는 왠지 생각의 생강밭 한가운데에서
밑이 굵고 싶었을지 모른다

먼 섬에서는
누군가의 옛날 시집을 읽기에 좋은 시간이 있었고,

한참의 훗날에 이르러서야
나는 강에 가서, 맨 처음이기라도 한 것처럼
직접 대고 말할 수 있었다 그보다 더한 것에 대해

먼 섬에선 혼자 지내는 나날들을
간신히 제 가슴에 품어주기는 하였지만

먼 섬에서는
누군가의 옛날 시집에서 그보다 더한 것에 대해
큰 소리로 투덜거려보기에 맞춤한 시간이 있었다

구례구역에서 내려보는

구례구역 앞에서 한번 내려본다는 사실이
얼마나 그럴듯한 일이었는지에 대하여
당신에게 한번 들려주고 싶었다
대합실을 나서는 순간 어디에도 내가 찾던 역은 없고
처음부터 존재하지 않았을 구례求禮의 구역舊驛 앞으론
강물이 흘러, 바짓가랑이를 걷어올려야만
간신히 구례로 들 수 있을 지점에
구례의 입구라는 의미였을 구례구역求禮口驛에서 내려보면
누구라도 여기에선 이 역의 이름에 대하여
말하고 싶어질 것 같았다

그사이에 벌써
내 말을 액면 그대로만 알아들은 착한 당신이
"아니 그래, 아직 다리도 놓이지 않았단 말이에요?"
질겁을 하며 반문을 해오는 사이
솔밭 너머 강물은 헤적이며 흘러갈 때 나는 정말로

바짓가랑이를 한번 걷어올려보고 싶어져서
휴대폰을 끄기 전에 서둘러서 마음속에 있던 한마디를
바람결에 실은 목청이 되어 들려주고 싶었다
당신을 사랑한다고

라말레라*의 기억

누구나 오래전에, 그 해변의 사람이었던 적 있었으리
고래를 잡아야만 살아갈 수 있었던
물결 높은 나날 같은

애써 발라낸 고래의 흰 심줄로
물 위를 걸어 돌아오는 젖어 있는 생의 발목
그 발등에 붕대나 부목을 감아주려 애를 써보던
비린 손길의 순간인들

달팽이관의 저 안쪽에서 어쩌다 가끔 환음幻音의
한 올쯤이 풀리던 날이면
지금도 까마득한 고래의 울음소리가 끼룩이고 있어

라말레라의 기억 같은
라말레라의 기억 같은

멀리서도 금세 서로를 알아차리던 깊은 귀와
눈빛의 시간 곁으론
지금도 어쩌다가 고래의 울음소리에 실려오던
까마득한 해변에서의 날들이 있었으리
당신과의 처음 같았던 그런 날들이 있었으리

* 가장 원시적인 고래잡이가 지금도 행해지는 인도네시아 남쪽의 섬.

제4부

지구는
추운
별이어서

지구는 추운 별이어서

지구는 추운 별이어서
고래는 제 아기들을 먼 데서 낳아 돌아오고

멀리 있는 당신에게
편지를 쓰게 한다

지구는 추운 별이어서
가끔은 가던 걸음을 멈추고 서서
멈춘 걸음을 끌고 가는, 스스로의 발등을 내려다보게 한다

지구는 추운 별이어서
돌아보면 그 자리에 아직도 네가 서 있는 걸 믿고 싶어지는

울어본 자의 노래를 위하여

몸 깊은 어딘가에 그 어떤 짓으로도 소용이 닿지 않는, 토악질을 할 때만이 반응한다는 근육 한 줌이 있다고 한다. 어쩌다 먹은 것 다 게워낸 뒤에 눈초리 가득 눈물방울이 맺혔던 것은, 그것들이 퍼올린 안간힘의 물기였는지 모른다.

누군가의 이름 하나를 늦게까지 불러보다가, 결국은 낑낑 울어본 자의 노래여.

표절

표 나지 않게 절묘하다는 말
표 내지 않고 절만 한 다음에 빠져나왔다는 말

당신이 생각하는 것처럼
처음부터 그런 의도를 가진 일이 아니라고 우기다가

이렇게 심증이 분명한데 지금 무슨 소리를 하느냐고
빈축을 사기도 하다가

다른 사람들의 경우나 사정에 비추어보더라도
얼마든지 옥신각신해볼 수 있는 일이라고 버티다가

결국엔 서로의 표정이 절망 쪽을 향하여
돌려지게 될지도 모른다는 말

그러니 제아무리 표 나지 않게 절묘했더라도

표 내지 않고 절만 하고 빠져나왔다고 하더라도

지나가는 뒤태에라도 한눈 잠시 팔았다가는
시퍼렇게 팔목 뜯기게 되어 있다는

사랑은 그렇게 한순간의 곁눈질과 의혹만으로
얼마든지 손등 발등에 멍이 들고도 남는다는

갈포벽지 아래

바닷가 마을 어디쯤 길을 가다가
저물어가는 민박집 벽에 기대어
너를 만난다

점점의 문양으로 벽면에 박혀
수수롭게 찍혀 있었던 갈피葛皮의 흔적들

비듣는 기색같이
흐린 마음이라도 스미었는지
갈포벽지, 저, 점점의 떼들이 새들로 변해 날아오르는
거짓 꿈에라도 잠시 젖어보면

등을 대고 바라보는 하염없음만으로라도
난데없는 가창오리떼, 긴 하늘이 열려 보였구나

멀리 있는 사람 하나여, 이맘때쯤 하여선

나는 무엇엔지 '새 하늘'이라는 바라봄 같은 것으로

잠시 잠깐 아득해져보고 싶어져서는

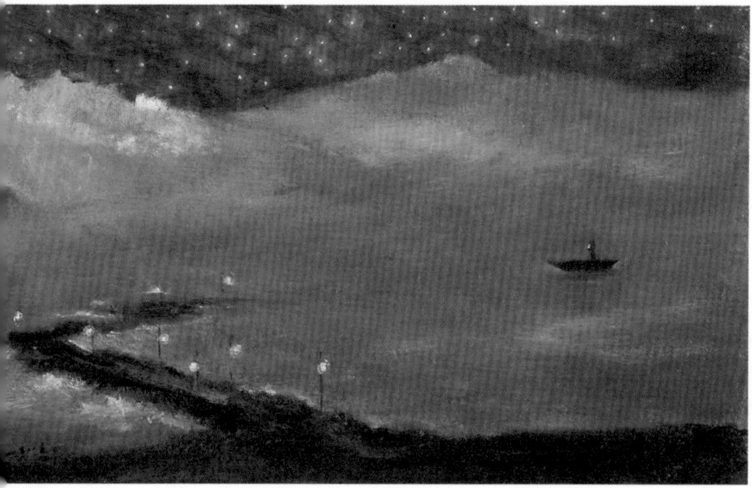

등

너와 헤어져야 할 시간이 가까워지면
등이 먼저 신호를 보내오고는 했다
미워져서
알미워져서
한번은 너를 끙, 이라고 바꾸어 불러보려고
마음먹기도 해보았지만
언제나 대나무처럼 짱짱하던 이름을 지녔던
등이여

마침내 돌아서 가는 너의 뒤에서
정면이 되어 바라다보이던
단호한 표정의 맨얼굴이여

대합실 부근

처음부터 내 것이었던 내 마음이야 어디서든 태워주거나 내려줄 수 있었겠지만, 몇 대 쥐어박아보는 일도 그다지 어렵지 않았겠지만, 이제는 끝난 일이야! 어금니를 깨물어도 보는 거지만, 정류소를 빠져나와 꽃가게 앞을 지나고, 정자네 해장국집 옆 골목을 돌아서다가, 거기 가슴팍 다친 승냥이 한 마리로 너도 그렇게 서성거려본 적이 있는.

수레바퀴 뒤에서

소서노*처럼 소서노처럼 아프게 돌아서 가던 쌀쌀함 뒤에서, 멀어져가는 뒷모습 뒤에서, 너를, 너의 이름을 부를까. 불러세워야 할까. 짧은 망설임의 사이에서, 바람 속에 잔뜩 웅크려 이제 필까 저제 필까, 참꽃 한 송이의 시간 같은 것이, 고주몽 같은 고구려 같은 먼 나라의 커다란 수레바퀴 같은 것이, 먼지를 내며 일으키며 멀어져는 갔겠다. 백 년은 천 년은 족히 흘러서는 갔겠다.

* 백제의 건국설화에 나오는 인물로서, 주몽을 도와 고구려를 세웠던 그의 왕비.

천지간에 둥기당

하루는 내가 백 년 전 조선의 사내 천 년 전 고릿적의 사내 같은 마음이나 되어서, 정금 같은 마음이나 되어서, 옥색 대님에 두루마기 차림으로, 비파쟁이로나 해금쟁이쯤으로 무질러 앉아서, 마려움의 현이나 한바탕 늘어올리셨다. 그러면 거기 삽시간으로 나에게서 떠나가던 나. 그사이에 벌써 너에게로 닿아가던 나를, 치어다나 볼까나. 아웅다리.

이 세상에 와서 익히었던 수많은 말 중에서도, 하필이면 해낭*과 예지몽, 그리고 개와 늑대의 시간**이라니.

그러니 내 마음의 나는 시詩주머니처럼이나 간절해져서, 훗날의 꿈처럼이나 아슴해져서, 저물녘의 시간같이 아득해져서, 나를 떠나가 너에게로 간 나여. 너에게로 스미어 네가 된 나여. 그러려니 내 사랑의 지극한 곡조일랑은 아무려면 저렇게도, 천지간에 둥기당.

* 시나 문장의 초고를 넣어두는 주머니로, 당나라의 시인 이하가 시의 습작지를 즐겨 넣고 다녔다고 한다.
** 저물녘, 멀리서 다가오는 실루엣이 내가 기르던 개인지 나를 해치러 오는 늑대인지 구별할 수 없는 시간의 경계를 뜻한다.

내 마음의 서쪽

1. 은행나무 아래

손잡이 낡은 양철대문이 바람 속에
혼자서 삐걱대던
늦은 가을의 겨드랑이 아래쯤을 지나가다가
이제 막 시작하려는 나뭇잎 비의 기색에게라도
젖어보려는 날이면

노오란 물방울들 같은,
한번은 잠시 올려다보았을 수도

2. 무문관無門關 댓돌 위에 흰 고무신 한 켤레

무문관無門關 댓돌 위에 흰 고무신 한 켤레
주인이 뉘시련가 퍽이나 궁금했더니
대서양보다 더 큰 자비와 사랑 면담중이신
이 집의 대빵 스님이시란다

사랑함에 대하여,
신념이라는 단어의 저런 갸륵함에 대하여
듣거나 보고 싶었던 적이 있었노라면
갈喝, 무문관無門關 댓돌 위에 저렇게도 훤한 흰 고무신 한 켤레

3. 흰 고무신 한 켤레 속으로 날아온 강아지풀 한 잎

바람결에 귀를 살랑 쫑긋거리기도
하루는 제법 방 안의 스님을 향해 수작을 붙여보기도
이제 그만 나오시랑께요
그러고 보니 그놈, 기둥 하나로 세운 푸른 도량 같았으나
지지리도 비어 있던 고무신 속이 아니라도
금이 가 내팽개쳐진 헌 그릇의 눈시울 언저리라도
바람의 날개에게 제 몸을 싣고
언제든 날아가 보일 수도 있는 기세였어라

어디에선가 해져 버려진 신발 한 짝 같았을 적에
당신은 먼 데서 강아지풀처럼 닿아주었던 일
사랑이여. 문득 한 잎의 쓰라린 절경 앞이여

4. 그 섬에 내가 있었네*

제 안에 솟은 용눈이**에 올라
사는 일도 뒤로 미루고
어깨 위에 걸친
열애의 곡식자루 하나만으로
서둘러 길 떠나는 바람의 자식을
꿈꾸어본 적이 있었다 하자는

* 제주도의 모습만 필름에 담다 요절한 사진작가 김영갑의 수필집 제목에서 인용.
** 용눈이오름의 변용.

5. 풍금의 길

기억의 건반 위에서 걸어나올지 모를

벌써 돌아서 와버렸음에도
두고 온 것이 있기라도 하다는

접혀진 악보 같은 마음이었을 적에
혼자서만 내려놓고 등뒤로 사라져간

산딸나무 여린 가지 아래의 일순 같기도 하였을
그 무엇이

이미 사소해져버린
지나치고 온 정거장의 이름들이나
시든 꽃다발의 뒤끝처럼 떠올려준다 하여도

돌아보면 울리어져 올 것만 같은

풍금의 길

6. 초抄에 기대어

'이 봄의 아리아 초抄'

오래전에 일별한 누군가의 시집 제목이다.

예전에 본 영화의 제목을 떠올려보려고 기억을 채근하다가, 문득 글씨 한 자가 거느린 빛살 속에 스미어본다. 주연배우의 이름을 한참이나 초抄해보던 뒤에야 간신히 제목이 생각났다. 〈투스카니의 태양〉. 화면 속의 흐린 이야기의 얼개들이 부유물처럼 지느러미처럼 가까워온다.

예전의 어떤 시인도 한나절의 마루 끝에 나앉아 봄날 하루를 초抄해보다가, 그만 육십 편쯤의 시들을 베껴오게 되었는지, 아리아의 물결 속으로 잠기어보았는지,

초抄하면 어디에선가 당신에의 기억도, 머언 이국 마을의 지붕

과 정원 위에 쏟아져내리던 태양의 화살처럼 다가오게 될지 모르리라는.

사랑의 일 초 2

사랑을 지우는 데 드는 시간은
일 초밖에 걸리지 않습니다
그러나 대부분의 일 초는
일 초 만에 돌아와 제자리를 잡고는 합니다
그러니 칼로 물 베기의 일 초입니다

일 초 동안 당신에게서 잠시 벗어나보기로 합니다
그러니 그때부터의 일 초는
전혀 딴 세상의 일 초입니다
먹구름과 번개가 동반하는 일 초입니다
장풍을 맞은 듯 온몸이 후들거리는 일 초입니다

당신에게로 돌아가는 일 초
사랑을 지워, 그것을 다시 회복하는 시간은
그러니 한사코 일 초입니다
일 초밖에 걸리지 않는 너무도 뻔한 상식의 시간입니다

그리고 한 닢의 편지
—'마흔 살의 하루'라는 이름의 역 앞에서

1

보내고 온 마음의 순한 몇 닢을 여기쯤에 잠시 내려놓기로 합니다. '은행나무' 아래 멈추어 서서, 어디선가 나에게 친구의 순간들로 다가와준 순간들과, 또 어디론가 떠나가는 순간들과, 오가는 그것들의 순간들이 더불어 발효되었거나 발휘해주기도 하였을, '순간의 그늘' 속을 향하여 언제라도 다시 손을 흔들어보아도 좋으리라는 꿈을 꾸어봅니다.

여기까지 오는 모든 시간 동안 당신을 향해 '짓거나 지으려' 하였던 마음만으로 나는 까닭도 없이 행복할 수 있었습니다.

마흔이라는 단어 하나를 가만히 발음해보면, 어쩐지 '마음'이라는 뜻과 '흔적'이라는 의미가 왜 그렇게도 겹친 채로 다가오는 것이었을까요.

그렇게 불쑥 '마음의 흔적' 하나가 곁으로 밀려와버린 오래전의 아침이었습니다. 나는 그만 깊은 휴지休止의 시간 속에서 깨어나기라도 한 것처럼 잠시 공룡해져비리고 말았습니다. 그리고 문득 예까지 따라와 흔들거려주었던 세월의 그네 위에 걸터앉아 보면서, 벌써 가버린 것들의 뒷그림자와 아직 오지 않은 시간의 맨얼굴들과 가슴의 화살 하나와, 그리고 새벽을 향해 떠나가기 시작하였던 기차의 울음 너머를 돌이켜보았답니다.

나는 어쩌면 그 기차에 몹시도 올라타고 싶었던 누추한 마음의 승객일 수 있었습니다. 그리고 나는 이내 뾰족지붕의 역사驛舍를 빠져나가기 위해, 성마른 기적 소리를 한참이나 질러대던 저 '마음의 흔적' 안을 깨우며 가는, 분명하던 기척의 기차에 대고, '마흔 살 너머, 새벽기차'라고 혼자서 가만히 불러보았답니다.

아마도 그렇게 나를 떠나간 새벽기차 한 칸은, 어느 쓸쓸하거나 아름답거나 오래된 풍경의 골짜기들을 지나고, 옥수수밭이거나 사과밭에 오르는 오르막쯤에서는 잠시 헤매기도 하다가, 약국 앞이라거나 우체국, '털보네 쌈밥집' '머릿고기 있습니다' 등의 참하고도 착한 모국어의 동네들을 지나쳐서는, 마침내 당신의 역 앞에 이르기도 하였겠지요.

그러니 한바탕의 이 기차에 관한 거론이며 법석이 부디 야물게 싸매지 못한 서툰 포장의 짐짝이 되거나, 시시콜콜 꾸며진 분수대 앞의 화단을 닮아버리지 않기를 마음을 다하여 빌어보기로 합니다.

누구에게나 한 번쯤 자신을 멀리 떠나보내고 싶어지던 가슴의 역 하나는 아슬한 상상의 별자리처럼 간직되어 있기도 하였을 것이니,

그런 하루의 별빛 하나가 어쩌다 깜박거리는 눈을 뜨기도 하

였을 것이니,

마침내 당신의 등뒤로 바라보이던, 어느 미지의 속으로 달려가 도착한 눈 앞의 역 하나가 '마흔 살의 하루'라는 다소 긴 표찰을 가슴에 매달고 있었는지도,

그리하여 나는 그간의 여독으로 인해 쌓여 있었던 내상의 시큰함으로 얼마간 절뚝거려야만 하였는지도,

까탈을 부려대는 발꿈치의 한동안을 그 앞에서 사뭇 멈추어서야만 했었는지도,

지금도 나는 마흔 살의 아침으로 다시 돌아가 한껏 늘여도 되는 긴 기지개의 잠에서 깨어날 수 있다면, 어쩌면 당신의 쓰라림의 한쪽을 매만져주거나 위무하게 될지도 모를 헌사와도 닮은 마흔 편쯤의 시들을,

그 시들이 한꺼번에 눈을 뜨기 시작하는 미완성의 시집 한 권

을 다시 한번 시작해보고 싶어졌을 거라는,

하여간에 나는 그사이에 멍자국과 열기가 집히는 내 복사뼈 언저리를 소심해진 손길을 떨쳐 꾸욱꾸욱 매만져보기로 하였습니다.

천천히 씨앗을 드러내기 시작하는 해바라기숲의 발치로 밀잠자리의 느린 편대가,

이제 막 저공비행으로 도착하는 시간 곁에서 까닭도 없이 한참이나 머물고 싶었던 적이 있습니다.

나는 되도록 그같은 모처럼의 머무름이 적막하고도 화평한 '해바라기밭'가에서의 지체였거나

아니라면 최소한 그런 지척에서의 배회였기를 소원하여보기는 하였습니다.

어디선가 이미 져버린 해들과, 지는 해가 오던 길 쪽을 함께

걸어서 하급반 아이들처럼 뒤따라오던 달과 별들과, 그것들의 한때가 전혀 꿈이 다른 눈빛이며 표정으로 만났다가 서로의 처소와 방향을 향해 돌아서려 하는 짧은 악수의 시간을 지켜보게 됩니다.

우리들의 마흔 살 무렵의 계절에서도 오고가는 서정의 매순간들은 쉬지 않고 제가 낸 길 쪽을 향해 사뭇 걸어가야만 했을 것이니,

그러니 모든 살아 있는 것들의 목숨의 나이테 속에는, 목숨 이전의 기억들이 배태시켜놓았는지 모를 일그러진 타원의 무늬들이 겹으로 접혀 있다는 것,

한 살에서부터 백 살에 이르기까지, 스스로의 나이들을 들여다보게 되는 고적하였거나 허망했을지 모를 시간 곁으로는 어딘지 당신이라는 이름의 호칭 하나가 느닷없이 불쑥 그리워져버렸다는 것.

이제 그렇게는 내 마음의 가장 서늘한 쪽에 서 있는 '서쪽'의 당신을 향하여, 어쩌면 처음부터 내 안의 것이었을지 모를 소나기 구름 몇 장을 가만히 부쳐보기로 한답니다.

2

언젠가 당신이 애를 쓰며 들려주었던 사막의 이야기 하나가 생각납니다. 유전油田을 찾아 세상의 오지들을 헤매고 다닌다는 떠돌이 영혼의 한 사람에 대한 이야기 말입니다. 그 사람은 잠에서 깨어나 눈을 뜨자마자 머리맡에 놓여 있는 커피포트의 전원을 켜면서, 다른 한 손으로는 스테레오의 볼륨을 절반도 넘게 올린다고 하였던가요.

창틀이 하나도 없는 벙커와 같은 기상의 자리에서, 그가 혼자만의 축제처럼 맞이하게 될 한 잔의 커피와 시끄러운 노랫소리

의 시간을 떠올려보면,

하등의 노력도 없이 또 그만한 대가의 청구서도 없이 찾아와주고는 하였던, 어쩌면 먼 곳에 처한 그 사람에게는 더없는 절실함이었을지 모를 바람이며 낙엽, 꽃잎과 같은 일상의 질료들은 우리들에게 얼마나 편안하게 다가와주었던 선물들이자 고마움이었을는지요.

나는 그렇게 이 길에서 만나고 헤어진 숱한 시구詩句들의 기억 속에서 한참을 떠올려볼 수 있었습니다.

그 사람도 혼자서 눈물겨워해보았을 것이니, 한동안 당신의 가슴을 설레게 해주었다는, 연서의 혐의가 짙은 몇 차례의 설왕설래 속에서 어쩌다 한번은 붉어졌을지 모를 당신 표정의 일순이 궁금해지기도 하였지만,

나는 한편으로 뾰족한 질투의 마음이 일어나서 서걱거리는 모래의 풍경과 외로운 저녁의 시간들이 거칠면서도 촘촘하게 배

어 있었을, 어느 유랑별을 닮은 유목의 영혼 하나가 일으킨 바람의 페이지 한 줄이 신경쓰였던 날들도 있었겠지만,

조악하고 흐린 내 호기심의 창틀에 차가운 입김을 어려주었던 정도로 이내 간직할 수 있었답니다.

한참이 지난 뒤에서야, 나는 당신이 엄지손가락 하나를 치켜세우듯이 애써 일으켜주었던, 지금도 누군가가 거칠고도 마른 호흡의 순간들을 견디며 지내고 있었을, 그 사막의 햇볕 쪽을 향하여, 가끔은 내 이마의 습기와 곰팡내의 몇 올을 날려보내기도 했더라는 사실을 지금에서야 간신히 고백하기로 합니다.

3

나는 다시 한번 세상의 모든 시들이 제각각의 얼굴과 손짓으로 멀리멀리 아름다워지는 순간을 기도하기로 합니다.

하지만 우리들의 귀한 시간을 아무렇게나 불러앉혀놓고, 앵무새의 입으로 괴발개발거려주는 세상의 모든 뉴스와,

뉴스 속에 편입된 저들의 표정이며 자세들이 어쩌면 그렇게도 한결같이 최고의 순간과 최악의 풍경으로만 구성되어 있는가에 대하여,

나의 시는 잠시나마 반성과 참회의 포즈가 되기를 간구할 것입니다.

오늘 아침 길을 나서는 당신의 시간이 언제나처럼 그렇게 '안개가 많이 끼어 있으니 운전을 조심'해야만 하는 경고의 메시지로 다가오기보다는,

모처럼 안개의 시원 속으로 되돌아온 안개의 정령들 속에서

당신도 잠시 안개의 눈빛으로 세상을 한번 바라다볼 수 있게 되기를,

어딘지 불안한 걸음으로 다가온 한동안의 지체와 느림의 실감이 불쑥 당신에게, 지금은 이미 잊혀져버렸는지 모를 오래전의 '해바라기밭' 언저리를 잠시나마 떠올려주고 가게 되기를,

하지만 아직도 당신의 입안에서 '사랑한다'라는 말의 간단하고도 명료한 발음 하나가 어딘지 어색하거나 불편한 기색이 들기라도 한다면, 그것은 그동안 당신의 귀와 가슴이 빽빽하고도 칼칼한 뉴스들의 소리로만 채워져 있거나 길들여져 있었기 때문이었음을,

'검거'와 '제패'와 '탈환'의 큰 소리들만이 착해빠진 당신을 뻔하디뻔한 위문품처럼 찾아와주었기 때문이었음을,

그도 아니라면, 너무 잦은 '파행'과 '현장검증'들 때문이었을 거라고 나는 그렇게 단정하려고 합니다.

나는 한편으로 어딘지 흔들리는 염소의 눈빛에나 닮아져서, 당신에게 들려주었던 너무 오래전의 약속과 같은, '마흔한 편의 사랑노래'를 이쯤에서 마저 내려놓기로 합니다.

그리고 이제 조금은 한가해지거나 쓸쓸해져버리기로 한답니다.

그것은 여기까지 오면서 사랑한다라는, 마음속 맨 밑바닥의 말들을 한꺼번에 너무 많이 내뱉었기 때문일 것입니다.

그때 그 새벽의 기차에 실어보내주었던 오래전의 내 시 한 편이, 마침 지금의 시들이 다시 또 멀고먼 제 길들을 향하여 출발하려 하는 당신의 역 앞에 무사히 도착해 있기를 기대하여봅니다.

기차는 잠시 멈추었던 시간을 돌이키는
정지를 마치고 나면
발목에 내재한 심상치 않을 속도를 불러일으키며
멀어져가기도 하겠지만

그렇게는 누구에게나
찾아오게 될 마흔 살의 아침 속으로
기적 소리를 울리기도 하는 때
어쩌면 그 시간의 기차보다 빨리 떠나버렸는지 모를
그리운 이의 기척도 떠올려주며
기차는 새벽물빛을 가슴에 담은 호숫가 곁이거나
미루나무의 마을 모서리를 지나쳐갈 때에 이르면
이미 많은 것들을 소진해버렸는지 모를
마흔 살의 너머
그래도 아직 어딘가에 남아 있을지 모를
사랑의, 불꽃의 영지를 향하여
흔들리면서도 떠나가기 시작하는 새벽의 기차는.
—오래전의 졸시, 「마흔 살 너머, 새벽기차」 중에서

| 발문 |

숨이 끊어지는 순간까지 사랑하자

임의진(시인, 목사)

1

따르릉따르릉 비켜나세요. "가을바람 찬바람에 울고 가는 저 기러기" 우표 한 장 써붙인 사랑노래가 납셨나니, 시집 『흰 길이 떠올랐다』 『구석』 등에서 이미 자신만의 모국어로 튼실한 시 구조물을 시단의 가운데 올려 세운 바 있는 시인 정윤천. 암천에 뜬 별처럼, 그의 가슴에 반짝이던 조국은 늘 고향 화순의, 흰 녘의, 순정한 남쪽 반도의 결 고운 모국어 속이었으며, '순하고도 천진한' 매무새로 사는 일에 늘 해찰이 많던 이 남정네.

이번에는 〈일 포스티노〉에서처럼 자전거를 몰고 사랑의 우편배달부가 되어 불쑥 나타났다. 그러니 한결 마당이 깊어진 이번 시의 집은, 이제 건물등기까지 완료한 시인의 새로운 거처였으니, 유랑이 다반사인 그가 어렵사리 마련한 마음의 정착지가 어쩌면 또한 이번 시집이 아닐까. 그러니 앞으로는 이곳 사랑의 거처로 망실이 많던 그의 우편물들을 안심하고 배달해도 되겠구나. 사랑은 이제 그로 하여금 자신과 동거하게 만들고, 오늘 이렇게 그들 둘의 지지고 볶는 소꿉놀이 살림집과 작별의 애달픔과 고달픔까지 얼싸안긴 별의별 꽃향기와 눈물바람을 일거에 바라보게 해주었나니.

로르카는 「강의 백일몽」에서 일찍이 이렇게 헌화하였지. "당신네 일가의 친구들인 이 월계수와 이 꽃들을 당신께 드려요. 우리의 순수하고 소박한 우정을." 나도 시인에게 순수하고 소박한 우의를 갖추어 꽃말 같은 몇 마디를 안겨보고자 바짝 펜을 들었다. 사랑이라는 말이 단물 빠진 아카시아껌이 되어버린 오늘. 심각한 개기일식으로 어두워진 이 얼음땅에 동댕이질쳐진 삶의 비린내들. 사랑 말고 달리 어디서 명줄을 잇고 뼈를 지탱할 뾰족한 묘수를 찾을 수 있겠는가.

'마흔한 편의 사랑노래와 한 닢의 편지'는, 사랑에 대해선 단연코 지존인 네루다 문형이 이전에 들려준 『스무 편의 사랑의 시와 한 편의 절망의 노래』와 일맥상통한 바가 있다. 사랑의 마음이야 천 갈래 만 갈래 다르면서도 일치一致하는 일천이요, 일천一川

한 어미가슴이 아니겠는가. 정현종 시인은 네루다의 시를 가리켜 언어라기보다 하나의 생동이라 하였거늘, 그런 생동하는 사랑의 감정이 이번에는 정윤천 시인의 시를 입고 우리들 "버려진 신발 한 짝" 같은 어스름들을 찾아와 다소곳 옷깃을 여미며 일체합일一體合一을 설하누나.

2

시인과 다담茶談하며 들은 얘기로는 젊은 날 어찌나 엉터리 무대뽀로 습기진 곳을 종행무진하였던지, 도대체 객체들 사이의 사랑의 관념은 고사하고 생의 지극하거나 소중한 것들에 대해서도 멍텅구리 같은 대처가 많았단다. 하나 산골 소년의 지고지순이 뛰어봤자 벼룩 아니었겠는가. 이 엉터리 시절 얻은 소득이라면 말씀을 참 재미지게 하셨다는 어머니에게 남녘의 살내음 묻은 말본새와 무궁무진한 눈물의 설화들을 캐냈다는 것(사실은 그의 시의 원동력이거나 밑거름이 되었으리라), 동창들 누구는 화순탄광에서 석탄을 캤는지 모르지만, 시인은 부러 주변부의 말과 언어를 캐고 이야기를 캤었으리. 다른 하나는 궁벽진 마을과 거기 주소를 둔 사람들에 임한 생지옥 같은 사랑(삶)의 기미를 일찍부터 알아차린 일이며, 차츰 제 몸으로 상관한 사랑의 감지기를 세포 안에 미리 간직하였다는 것이다.

내가 왜 지옥 같은 사랑이라 칭했는가. 먼 마을의 불빛 아래 사람들이 항상 느끼는 절망과 무지와 모순, 불편부당과 내쳐짐과 미숙함, 후회와 번민이며 방황들, 이러구러한 닭똥 눈물을 거쳐야만 사랑이, 그게 아직 사랑의 씨앗으로 여물지 못했다 하더라도, 최소한 인생의 비의가, '도대체 무엇인지' 알게 되리라는 엄연한 통과의례임을 강조하려는 때문이다. 이같은 통과의례 성인식을 거친 뒤에서야 비로소 태어나게 될 한 시인의 면면은, 그가 비로소 자신의 시의 집에서 날이 저물 때까지 머물 수 있는 입주권을 받게 되었으리라는 믿음 때문이다.

한편으로 그의 이번 시집이 지금까지 있어온 여타의 '연시류' 시집들과는 사뭇 다른 지점에서 구별돼야 하리라는 나름대로의 바라봄 때문이다. 정윤천 시인에게 이제 그의 시는 생의 목적이요 의무이며 사명이 된 것으로 여겨진다. 행여 과장된 발언으로 비칠지 모르겠으나, 만국어로 번역되어 지구상 모든 인류에게 읊어주어도 무방하게 여겨질 그의 가혹하도록 아름다운 시집 속 편린들은 한 편의 시가 시의 됨됨이로 불러일으키는 책임까지

감당하리라는 각오마저 엿보인다.

아홉시 뉴스를 일만 시간 동안 듣고 보고 또 들어도 정작 우리가 살아가야 할 '맛난' 세상의 저녁에는, 한 치 아니 닷 푼의 도움도 되지 않을 거라고 강변하는 시인의 내면에서, 그 지점에서, 그의 시는 폭발한다. 극단적인 승자들만이 누리는 최선의 순간과, 혹은 끔찍하고 놀라운 최악의 사건 사고로 얼룩진 것이 바로 우리들 생의 바로미터인 뉴스가 아니었던가. 거기에 대고 시인은 이른다. 그러기에 시는, 하루도 쉬지 않고 재방송으로 열어보아도 마땅할 반反뉴스의 지향 같은 것이라고. 지금 이 순간에도 태어나고 있을 세상의 모든 시들은, "제각각의 손짓"(「그리고 한 닢의 편지」) 발짓으로 우리네 삶의 비린내와 눈물마저 포함한 사랑의 일 분 일 초인들 지성껏 유포하여 그 세를 불리는 데 바쳐져야 하리라고……

3

시인은 말을 곧이곧대로 믿는 종족이다. 남의 말을 솔깃하니 잘 믿어 사기나 손해를 당하는 경우가 꽤 많은 부류다. 시인은 그래서 누구 말마따나 상처받는 체질을 타고난 자들이다. 뿐이랴. 시인은 공영에 이바지하는 막중한 업業을 수행하는 자요, 신비로운 서술형 경전을 대필하는 이들로 흠숭받을 자격이 충분함에도 불구하고 그들 자신에 관한 한 심각할 지경까지 허술하고 무방비한 떠꺼머리들이다. 생활의 깃발은 찢겨 바람에 날리고 곳간은 코끼리가 자유자재로 통과할 만큼 언제나 뚫려 있다. 그러나 사람이 어찌 떡으로만 사는 것이더냐. "사람의 사이에서도, 한마디 말로/천 번의 미움인들 감싸줄 수 있을 것 같은"(「물고기라고 쓰는 시 한 편 같은」) 그런 순간을 사랑이라 우기며 시인은 오늘도 다랑이 농사짓듯 원고지에 시를 파종하곤 한다.

안경을 쓴 정시인은 얼핏 물고기 눈의 선함을 닮았다. 그래서일까. 어안이 벙벙한 상태의 물방울과 거기 어느새 배어나온 보라색 꽃잎을 좋아한다. 피멍의 색깔인 보라색. 찰싹찰싹 물장구를 칠 때 물의 뺨이 보라색으로 멍드는 것을 본 적이 있는가. 꽃잎도 그러하다고 시인은 말하는데, 흰 봉투 안에 간직했던 보라색 꽃잎은 상처다. 이 상처가 빗물에 그만 물들 때, 보라색 상처로 기억되는 한 사람의 이름이 동그라미가 되어 환하게 떠오른다. 24시 편의점에 들러 물 먹는 하마라도 사와 쑥쑥 빨아들여주고 싶은 보라색 피멍울, 눈동자에 어리는 슬픔의 물기야 "수

요일"은 이미 글렀고, 목요일이나 금요일쯤 마를까 싶지만, 마음에 물든 보라색은 나날이 흘러 명년이 작년이 되고 재작년이 되어도 쉬이 가시지 않을 기세다. 어쩔꺼나, 이 보라색 타투를 어디에서 물 뺄까.

내가 이전에 남녘교회에서 목사 노릇을 할 때였다. 하루는 한 시인을 불러들여 시낭송을 들려주게 되었는데, 할매 할배 들 도합해야 서른 명 남짓 앉아 있는 나무마루 예배당은 그런대로 화기애애한 분위기였다. 낭송을 마치자 한 할매가 손을 번쩍 들었다. "한 태기도 안 들리요. 아침이나 자셨소? 잔 아랫배에 따뿌거니 심(힘)을 주고 다시 함 해보쑈잉." 일순 배꼽들이 빠졌다. 마이크를 바짝 당겨서 큰 목소리로 재 낭송. 시는 재 낭송 할 때 곱절로 맛있는 법 아니겠는가. 「십만 년의 사랑」에서 나는 재 낭송, 또 재 낭송, 십만 년 동안 재 낭송해도 모자랄 사랑의 영원을 자욱하게 느낀다. 보라색 사랑이 무지개 속에 들어가 천변만화의 꽃을 피웠다. "여기까지 오는 데 십만 년이 걸렸다(……) 한번은 소나기로 태어났다가/한번은 무지개로 저물기도 하였으리라". (「십만 년의 사랑」) 이후로도 십만 년 동안 재 낭송될 시의 소재는 역시 사랑이겠다.

4

지나간 어느 한낮에 그는 느닷없이 내 산골집 현관문을 두드렸다. 몇 개비의 달랑달랑한 담배와 특유의 투덜거리는 말투와 천진한 웃음기를 입에 물고서. "순식간의 뒈싸진 바당/바다는 오롯이 저에게로 젖고 말았는가". (「애월에 이르는」) 자신에게서 비롯되어 가까워지고 또 멀어진 사람들, 사연들, 바다처럼 자신에게로 젖고 말 이야기들을 마치 남의 말 하듯 그리 자분자분 풀어놓더라. 우리 동네에서 만나면 성복회관 추어탕집, 거기에서 나와 면사무소 앞에 서 있는 "부부 소나무"(시인은 악양 들에서도 그런 이름의 소나무를 본 적이 있다)를 감상하던 시간, 눈앞을 스치는 시인과 나의 중년의 바람이며 서정은 "달과 까마귀와 나리꽃"(「너에게서 나에게로」)의 영토를 향해 손을 흔들면서 떠나가기도 하였다.

시인의 것으로 짐작되는 시금털털한 그의 승용차는 세상을 향해 날아오른 시 속의 "쇠나비"를 닮았다. 지나가는 나그네가 청하면 금방이라도 멈추어 등을 빌려줄 것만 같은 "로시난테"와 그의 주인. "한번은 펼쳐주어야만, 나는 너에게로 갈 수 있다는 것이다//너를 한번 열어, 너에게로 간다는 사실은//어딘지, 너

이전의 지점 같기도 한 보이지 않는 곳에서//숨긴 날개의 쇠나비 한 마리가//비로소 활짝 펼쳐주었다는 일이다".(「경첩」)

그렇구나. 창이나 문을 달 때 쓰는 철물 경첩, 나비 모양의 경첩이 펄럭거리며 날 수 있도록 우리는 자주 문을 열어두어야 한다. 그대도 사랑할 때, 우정을 나눌 때, 쇠나비를 화들짝 날려야 한다. 통증이야 있을 테지. 때론 그 아픔이 심장까지 들썩이게 할 것이지. 하지만 내가 먼저 마음의 경첩을 펼치면 사랑이나 우정은 오래오래 천상을 날아 나부끼고 봄날은 벌써 목이 메도록 아름다워올 것이다. "사랑의 경계에는 한사코 쇠나비 한 마리가//접은 날개의 기다림으로 깃들어 있었다는 뜻이"니, 접은 날개를 펼쳐줄 사람은 오로지 당신뿐!(지금 여기에 당신 말고 또 누가 있다고 옆을 두리번거리는가.)

시간이 흘러 겨울이 떠나간다 하여도, 사랑을 유배시킨 사람들은 한사코 마음이 춥고 아플 것이다. 그러니 이 황소바람을 뚫을 수 있는 유일무이의 나비는 시의 쇠나비뿐. 시가 아니고서는, 사랑이 아니고서는, 개방, 해배, 자유, 소통, 열망 말고는, 이 벙어리의 날들을 뚫고 원하는 곳에 이를 수 없으리니, 우리들의 시린 등 너머에 시와 시인과 사랑의 존재 이유가 거기에 있었다. 어디에선가 다시 찬물 같은 한 모금의 시가 절실해지는 날이면,

나는 또 주저 없이 「십만 년의 사랑」을 넘겨보려 한다. '별'의 페이지 같은 마음의 낱장들을……

5

'초원사진관', 영화 〈8월의 크리스마스〉에 나왔던 그 사진관의 미닫이문이 닫힐 때 영화는 한 장의 사진 속 어여쁜 사랑을 살뜰하게 추억한다. "너라는 말의 한순간이/이 골목에서 제일로 오래된 사진관의 미닫이문이 되어/닫히려고 할 때,"(「시에서 저녁 냄새가 날 때」) 이같은 저녁의 풍경은 사과를 나눠먹는 애틋한 장면으로 바뀌기도 하는데, "너와 헤어지고 온 저녁에/사과를 깎는다/(……)/접시에 두 쪽으로 갈라놓고 났더니"(「사과를 깎았던 저녁」) "얼굴, 마음, 음성, 기척"조차 그리워져, 그 그리움의 뒤에서 "가지런한 머릿결의 흔들림만으로도"(「얼굴·마음·음성·기척」) 아차, 휘청거리게 만든다. 사랑하는 이에게 저녁은 그렇게 오래도록 아프다.

시집 『구석』(실천문학사, 2007)에서도 그는 세상의 모든 행복이 저녁에 있다고 믿었다. "저녁이 오면/저녁이 오면/어디선가 집집의 처마이거나 이마 위를 어루만지며/스스럼없는 바람의 숨결 같은 것이/느려진 시간의 긴한 뒷등을 스치며 지나가기도 한다"(「저녁의 노래」)고 노래했다. 뿐이랴. 그의 시는 때로 홀로 이 저녁바다에 선 사람에게 다가가 살포시 손을 잡아주고 싶어 한다. "이 저녁의 물결처럼은 꿈틀대거나 고요해도 봐야 하리라며/자꾸만 너는 바다를 바라보며 서 있다"(「바다를 바라보며 서 있다」)는 김제 바닷가 절집의 이름 하나를 "분득, 망해사"라 일컫는다. 그가 거기서 보았다는(보고 있는) 저녁의 물결은 어떤 빛깔의 장엄이었을까.

시인의 저녁은 순천의 와온 바닷가에서도 잠시 멈추었다. "저녁쌀을 씻을 때도 뜨물 같은 게 한참이나 나왔다/죽음에 가까워지면서/한결 뚜렷해지던 쌀알들처럼/해도 자신의 몸을 씻는다는 것인지".(「와온에서」) 어떤 저녁은 그렇게 죽음의 고배를 대신 마시고, 얻은 것보다 잃은 것들을 위하여 최후의 노을로 황홀하게 스러져갔다.

시인의 촉수에 걸린 암거미 한 마리는 수거미 위에 올라타서 사랑을 나눈다. 그러더니 돌연 수컷의 복부에 살집을 내고 알을 슬어놓는데, 알들이 깨어나면서 제 아비인 수거미를 먹어치운다나.(「고수의 사랑」) 그 한 편의 시에서는 사랑과 불멸의 경작까지를 보여주는 사랑의 순간이 이글거리고 있다. 그러고도 시인의 '저녁'의 풍경은 각양각색이기도 하여라. 고래의 울음소리가 들려오는 어느 저녁의 환음幻音 때까지, 우리는 살아왔던 것이고, 내 기꺼운 힘줄을 발라 너를 처매주기도 하면서 이후로도 살아갈 것이고, 그리고 고래의 사랑과 생애는 언젠가 앙상한 뼈가 되어 수면 아래 잠길 것이었으니, "멀리서도 금세 서로를 알아차리던 깊은 귀와/눈빛의 시간 곁으론/지금도 어쩌다가 고래의 울음소리에 실려오던/까마득한 해변에서의 날들"(「라말레라의 기억」)을 어쩜 그렇게 흉내내기 어려운 필치로 묘사하고 있었다. 인간의 청력은 임종 시에 가장 마지막까지 살아 있다던가. 숨이 끊어지는 순간 나에게도 하필이면 고래의 울음소리가 들려온다면 좋으련만…… 시인의 환음처럼……

그가 만나는 고래는 또다른 시에서도 언뜻 모습을 드러낸다. "지구는 추운 별이어서/고래는 제 아기들을 먼 데서 낳아 돌아오고//멀리 있는 당신에게/편지를 쓰게 한다".(「지구는 추운 별이어서」) 멀어졌다가 다시 돌아오는 동해의 귀신고래들처럼 우리들의 사랑도 "돌아보면 그 자리에" 아직도, 네가 서 있었으면 한없이 좋으련만.

날이 저문다. 어둑어둑 침침하게 하늘이 진다. 서릿바람에 야윈 풀꽃들, 집 없이 떠도는 유랑 고래들, 빌딩 옥상에서 찢어버린 옛사랑의 사진 한 장도 덧없이 먼 길을 떠나려고 하는구나. 취객의 발에 밟히고 미화원의 비질에 쓸릴지 모를 우리들의 가슴 아픈 추억도 그렇게 어디론가 멀어져가겠구나. "마음의 흔적"이라 명명한, 마흔 살의 곡조를 성대 안에 삼킨 어느 날의 나도, 그리고 시인도, 다 함께 견디었을 그 저녁의 소슬한 풍경과 건너편의 갸륵함들은, 안개의 미립자처럼 감지되는 사멸의 징조들을 불러일으켜, 그래서 더욱더 돌올해오던 마음이 사랑일런가.

6

때늦은 눈가루들이 어깨 위에 날려도 3월의 기척 같은 사랑이 왔노라면, 불현듯이 레너드 코헨의 노랫말처럼 생기가 찾아 들게 되는 법이다. "권투선수를 원하시면 난 기꺼이 그댈 위해 링 위에 뛰어들게요. 의사를 원하시면 당신의 온몸을 진찰해드리죠. 운전수가 필요하다면 말씀하세요. 빨리 제 차에 타시길. 그대가 나랑 드라이브하고 싶다면 맘대로 하세요. 난 오직 그대의

남자니까."(레너드 코헨, 〈I'm your man〉) 이렇게 속 시원히 툭 까놓고 말해버린다면 좋겠는데, 후련하겠는데, 때로 시인의 독백은 수줍고 어색하여 뒤로 숨고 그러는지 몰라라. "등을 대고 바라보는 하염없음만으로라도/난데없는 가창오리떼, 긴 하늘이 열려 보였구나".(「갈포벽지 아래」) 멀리서 뒷모습을 치켜다보고, 등을 기대고 떠올려보기를 좋아하는 이 투덜거림이 많은 만년 소년은 의외의 침잠의 기색도 보여준다. "멀어져가는 뒷모습 뒤에서, 너를, 너의 이름을 부를까."(「수레바퀴 뒤에서」)

사랑은 때로 "등"을 남기고 자꾸만 멀어져가는데, 언덕에 올라가 크게 한번 소리내어 불러보지 못하고 떠나보낸 순간이여. 은행나무 가로수가 노랗게 물든 길을 배경 삼아 어디선가 가을의 작별신은 촬영되는데, 사랑이 전부이고 모든 것이었을 때, 그게 무너지는 순간에는 생사를 걸고 애통해하기 마련이었다. 그러기에 여기 버려진 신발 한 짝 속으로도 날아와 키를 세운 강아지풀 한 잎을 향해서도 사랑의 찬가는 태어난다. "어디에선가 해져 버려진 신발 한 짝 같았을 적에/당신은 먼 데서 강아지풀처럼 닿아주었던 일/사랑이여. 문득 한 잎의 쓰라린 절경 앞이여".(「내 마음의 서쪽」) 문득 한 독자의 입장에서 이 시집의 시들을 일으키게 해주었을, 그의 '한 잎의 절경'은 무엇이었거나 혹은 누구였을지 못내 궁금해진다. 버려진 신발 속에 닿아준 '한 잎의 절경'이라니.

미움보다 사랑에 기운, 원망보다 용서에 기운, 외면보다 경외에 기운 시인의 눈과 입매는 오늘도 어느 길가에서나 쪼그려앉아 흔들리는 강아지풀 너머의 사랑을 일깨워준다. 그것은 그의 나이와 시력이 더해가면서, 더욱 숨 가쁜 광휘의 춤사위로 화해주었는데, 어쩔 땐 롤러코스터를 타고 미끄러지듯이 유려해질 때도 있다. 「연모」나 「표절」 등에서 나타난 언어적 감각과 유희. 그것들 역시 이 시집이 간직한 또다른 매력으로 읽힌다.

아직도 변두리 외진 정류장을 쓸고 다니는 이 유랑시인은, 외롭고 슬프고 불쌍한 것에게 자꾸만 마음이 기울어 전체적으로는 편파적이다. 이런 편파성은 그래도 그를 "열애의 곡식자루"(「내 마음의 서쪽」) 곁에서 변함없이 꿈꾸게 해줄 것이었으니, 비어버린 들 위에서도 흘리고 간 밀 이삭을 줍는 새들의 부리처럼(문자처럼) 그는 여전히 새로움의 시어들을 찾아나설 만행을 멈추지 않을 것 같다. 자신의 시의 곳간 속으로 "먼 섬" 같은 소금기 한 섬 배어들면 시인은 다시 맛깔진 시를 담그리라. 그 절이고 익힌 시를 수레 가득 싣고 나와 세상의 모든 반시反詩들과 맞짱을 뜨리

라. 사랑과 눈물과 참회의 풀밭에 누워 잠들기까지 멀고먼 방랑길. 그것들이 그의 동행이 되고 거처가 되고 위로가 되어줄 것이기에 어디에 두려움이나 머뭇거림이 있으랴.

「청색의 겨울」
유화, 26.0×24.0cm, 2010

「골목길 사랑」
유화, 65.6×53.0cm, 2010

「참꽃 피는 마을」
유화, 60.6×24.0cm, 2010

「그림자 여행—짝사랑」
유화, 60.0×30.5cm, 2009

「큰 참나무 아래」
유화, 77.5×41.0cm, 2001

「사랑」
유화, 73.0×53.0cm, 2009

「그리움」
유화, 33.0×19.0cm, 2009

「새」
유화, 24.3×22.0cm, 1999

「겨울나그네」
유화, 77.5×41.0cm, 2009

「그해 겨울」
유화, 78.0×42.0cm, 2003

「와온에서 라닥크의 별을 보다」
유화, 95.0×45.0cm, 2008

「초우」
유화, 77.5×41.0cm, 2009

「은하수사랑」
유화, 27.0×22.0cm, 2010

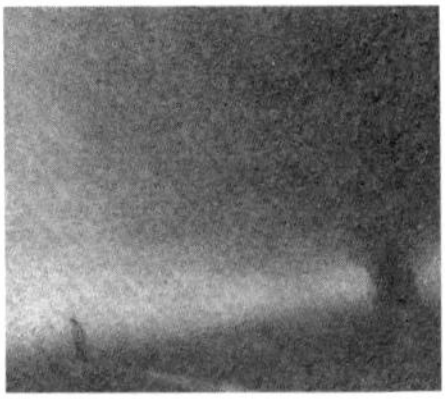

「녹색의 빛」
유화, 72.7×53.0cm, 2007

「풍경」
유화, 27.0×22.0cm, 2011

십만 년의 사랑—마흔한 편의 사랑노래와 한 닢의 편지

1판 1쇄 | 2011년 1월 15일
1판 2쇄 | 2011년 5월 6일

지은이 정윤천
펴낸이 강병선
책임편집 박지영 | 편집 조연주 | 디자인 이경란
마케팅 신정민 서유경 정소영 강병주 | 온라인 마케팅 이상혁 한민아 장선아
제작 안정숙 서동관 김애진 | 제작처 영신사

펴낸곳 (주)문학동네
출판등록 1993년 10월 22일 제406-2003-000045호
주소 413-756 경기도 파주시 교하읍 문발리 파주출판도시 513-8
전자우편 editor@munhak.com | 대표전화 031) 955-8888 | 팩스 031) 955-8855
문의전화 031) 955-8890(마케팅) | 031) 955-8864(편집)

ISBN 978-89-546-1377-4 03810

* 이 도서의 국립중앙도서관 출판시도서목록(CIP)은
e-CIP 홈페이지(http://www.nl.go.kr/cip.php)에서 이용하실 수 있습니다.
(CIP제어번호: CIP2011000009)

www.munhak.com

문학동네 시집

김남주 옛 마을을 지나며
김영현 남해엽서
박 철 새의 全部
하종오 쥐똥나무 울타리
김형수 빗방울에 대한 추억
서 림 伊西國으로 들어가다
염명순 꿈을 불어로 꾼 날은 슬프다
이동순 꿈에 오신 그대
안찬수 아름다운 지옥
박주택 방랑은 얼마나 아픈 휴식인가
신동호 저물 무렵
손진은 눈먼 새를 다른 세상으로 풀어놓다
유강희 불태운 시집
최영철 야성은 빛나다
문복주 우주로의 초대
권오표 여수일지(麗水日誌)
하종오 사물의 운명
주종환 어느 도시 거주자의 몰락
오세영 아메리카 시편
이윤학 나를 위해 울어주는 버드나무
이재무 시간의 그물
윤 효 게임 테이블
고재종 앞강도 야위는 이 그리움
이명찬 아주 오래된 동네
정우영 마른 것들은 제 속으로 젖는다
함명춘 빛을 찾아나선 나뭇가지
심호택 미주리의 봄
하종오 님
김시천 마침내 그리운 하늘에 별이 될 때까지
이산하 천둥 같은 그리움으로
서동욱 랭보가 시쓰기를 그만둔 날
마종하 활주로가 있는 밤
김명리 적멸의 즐거움
김익두 서릿길
박이도 을숙도에 가면 보금자리가 있을까
정영선 장미라는 이름의 돌멩이를 가지고 있다
윤희상 고인돌과 함께 놀았다
최갑수 단 한 번의 사랑
이윤림 생일
양정자 가장 쓸쓸한 일
박 찬 먼지 속 이슬
서 림 세상의 가시를 더듬다
윤의섭 천국의 난민
박 철 영진설비 돈 갖다 주기
김철식 내 기억의 청동숲
박몽구 개리 카를 들으며
김영무 가상현실
양선희 그 인연에 울다
조창환 피보다 붉은 오후
김영남 모슬포 사랑
윤제림 사랑을 놓치다
강연호 세상의 모든 뿌리는 젖어 있다
한영옥 비천한 빠름이여
이희중 참 오래 쓴 가위
이순현 내 몸이 유적이다

전남진 나는 궁금하다
이사라 시간이 지나간 시간
정인섭 꿈을 꾼 뒤에
진동규 구시포 노랑 모시조개
박범신 산이 움직이고 물은 머문다
권대웅 조금 쓸쓸했던 생의 한때
이동백 수평선에 입맞추다
김형술 물고기가 온다
정철훈 개 같은 신념
김정웅 마른 작설잎 기지개 켜듯이
윤성택 리트머스
금기웅 자신 없는 것들은 걸려 있다
김충규 그녀가 내 명을 핥을 때
이덕규 다국적 구름공장 안을 엿보다
김강태 빈 나무 밑을 지나가다
도광의 그리운 남풍
원재훈 딸기
김태형 히말라야시다는 저의 괴로움과 마주한다
고찬규 숲을 떠메고 간 새들의 푸른 어깨
전기철 아인슈타인의 달팽이

포에지 2000

마종기 조용한 개선
강은교 빈자 일기
오규원 순례
조정권 비를 바라보는 일곱 가지 마음의 형태
김혜순 어느 별의 지옥
정희성 답청
최동호 황사 바람
고형렬 대청봉 수박밭
오세영 반란하는 빛
김옥영 어둠에 갇힌 불빛은 뜨겁다
윤제림 삼천리호 자전거
남진우 깊은 곳에 그물을 드리우라
박이도 회상의 숲
강창민 비가 내리는 마을
이광웅 대밭
강인한 어린 신에게
정 양 까마귀떼
박해석 눈물은 어떻게 단련되는가
홍신선 서벽당집
김형영 침묵의 무늬
김진경 갈문리의 아이들